RATUS POCHE

COLLECTION DIRIGÉE PAR JEANINE ET JEAN GUION

M. Loup et Compagnie

Monsieur Loup, nounou d'enfer !

M. Loup et Compagnie

- Mission petite souris
- Attention, ouistiti !
- SOS, père Noël !
- Trop bon, le dinosaure !
- Monsieur Loup, nounou d'enfer !

© Hatier Paris 2012, ISSN 1259 4652, ISBN 978-2-218-96029-1

M. Loup et Compagnie

Monsieur Loup, nounou d'enfer !

Une histoire de Pascal Brissy
illustrée par Joëlle Dreidemy

Monsieur Loup a ouvert son agence à lui.
Il est prêt à remplacer n'importe qui,
pour n'importe quel métier. Fasti-Fastoche !
Mais parfois, pour un loup, c'est un peu compliqué…

Les personnages de l'histoire

URGENT!
cherche
NOUNOU!

Ding-Dong !

Monsieur Loup sonne à la porte.

– Bonjour Madame ! Vous avez demandé un loup-loup ?

– Une nounou, vous voulez dire, reprend la dame, étonnée.

– Oui, c'est ça, dit Monsieur Loup. Je suis votre nounou, une nounou d'enfer ! M'occuper des enfants ? Fasti-Fastoche, c'est ma spécialité !

Que doit faire M. Loup en premier ?

Avec tant de bonne volonté, notre gentil loup est aussitôt embauché.

La maman s'en va et Monsieur Loup regarde son programme pour la matinée :

1 – conduire Nina au CP, à l'école des Marronniers ;

2 – garder ses deux petits frères, les jumeaux Albert et Robert, et les emmener jouer au parc ;

3 – aller chercher Nina à l'école, puis ramener les enfants chez eux…

Tout ça n'a pas l'air compliqué !

Qu'est-ce que M. Loup a oublié ?

– L'école des Marronniers ? Je la connais ! chante Monsieur Loup aux enfants. J'y ai déjà été photographe. Allez, en avant la petite troupe !

5

Mais Nina montre la poussette d'Albert et Robert, et demande à sa nouvelle nounou :

– Vous n'avez rien oublié ?

Le loup sursaute. La poussette est vide et il voit les jumeaux qui se sauvent dans le jardin, main dans la main !

Où M. Loup doit-il arriver à l'heure ?

Vite, Monsieur Loup s'élance ventre à terre.

6

Il rattrape les jumeaux et les prend dans ses bras :

– Hop là, hop ! Demi-tour, petits polissons !

7

À présent, il faut se dépêcher.

L'heure tourne et Nina risque d'être en retard à l'école.

Mais finalement, tout rentre dans l'ordre. Ils arrivent à l'heure.

– Pas fasti, pas fastoche ! fait le loup à bout de souffle.

Où M. Loup doit-il emmener les jumeaux ?

Nina est à l'école et la nounou conduit les jumeaux au parc.

– Gouzi-Gouzi ! grimace le loup en se penchant vers eux.

Mais Albert et Robert sont plus rapides que des courants d'air : ils se sont encore évadés et la poussette est vide ! Les jumeaux courent vers le toboggan et le tourniquet.

Le loup les rattrape de justesse. Il ronchonne :

– Non, c'est trop dangereux pour les petits !

Que va faire M. Loup pour amuser les jumeaux ?

Les jumeaux boudent et le loup est bien embêté. Il cherche une idée Fasti-Fastoche.

Eurêka ! Il a trouvé. Il se met à quatre pattes et propose : 11

– Qui veut grimper sur mon dos et jouer au cheval ?

Ni une, ni deux, Albert et Robert sautent sur leur drôle de monture. 12

Youpi ! C'est parti pour le rodéo ! 13

Mais ouille ! Aïe ! Monsieur Loup a mal au dos et ça fait rire Robert.

– Ça suffit, Robert ! Euh… À moins qu'il ne s'agisse d'Albert ? Euh…

Qu'est-ce qui a fait tomber M. Loup ?

Monsieur Loup ne sait plus qui se moque de lui : Albert ou Robert ? Ces jumeaux se ressemblent comme deux gouttes d'eau ! Il réfléchit…

– J'ai trouvé ! s'écrie-t-il. J'ai trouvé ! je vais vous appeler tous les deux *Bébert* ! Fasti-Fastoche !

Le loup installe les jumeaux sur le tourniquet. Hélas, il oublie de regarder devant lui. Bing ! Il se prend les pattes dans le tourniquet.

Alors les deux Bébert rient aux éclats et tournent comme sur un manège : Youpi ! Youpi !

Avec qui M. Loup descend-il du toboggan ?

Monsieur Loup met bientôt fin à ce méli-mélo rigolo.

Il arrête le tourniquet.

– Albert ? Robert ? Euh… Bébert ?

Les deux garçons gloussent. 15

Le loup soupire. Il tourne la tête et… flûte ! Un jumeau en a profité pour monter en haut du toboggan.

Le loup se précipite en criant :

– Stop ! Attends, Bébert !

Mais il se mélange une fois encore les pattes et zou ! Le voilà qui glisse sur le toboggan avec un jumeau sur les genoux : yahou !

Où doit aller M. Loup, maintenant ?

Finalement, le loup s'amuse lui aussi. Il joue avec les jumeaux sans voir le temps passer.

La matinée est presque terminée.

Soudain, il s'affole :

– Nina ! Il faut aller la chercher !

Vite, le loup-nounou embarque les garçons dans leur poussette, et hop, hop, en route pour l'école !

Il court et souffle de fatigue : Fff ! Fff ! Fiouuu ! Et les jumeaux imitent leur nounou en soufflant eux aussi :

– Fff ! Fff ! Fiouuu ! Fff ! Fff…

Qui n'est plus là, avec M. Loup ?

Monsieur Loup arrive pile à l'heure à la sortie de l'école, puis il retourne à la maison : ding-dong !

La maman des enfants ouvre.

16

– Mission accomplie ! dit le loup, fier de lui, voici vos petits polissons : les Bébert... euh... je veux dire Albert et Robert. Nina a bien travaillé à l'école, et voilà !

Oups ! Quand le loup se retourne, Nina n'est pas là.

17

– J'ai dû la perdre en route, avoue le loup. Mais je vais la retrouver, Fasti-Fastoche !

Pour la fête, quel déguisement choisit M. Loup ?

Ouf ! Voilà Nina qui arrive en chantant. Elle s'était arrêtée chez le pâtissier pour admirer son gâteau d'anniversaire. Le loup pousse un soupir, soulagé.

– Cet après-midi, il y a une fête à la maison, dit la maman. On a invité beaucoup d'enfants. Vous êtes libre ?

– Une fête d'anniversaire ?

Rien n'effraie la nounou d'enfer !

– Fasti-Fastoche, c'est ma spécialité.

Et Monsieur Loup va vite chercher ses habits de clown pour amuser Nina, ses amis et les jumeaux.

1
une nounou
d'enfer
Une très, très
bonne nounou.

2
de la **bonne volonté**
M. Loup veut
bien faire.

3
embauché
M. Loup est pris
pour faire le travail.

4
son **programme**
Ce que M. Loup
doit faire.

5
la **petite troupe**
Un petit groupe
de personnes.

6
ventre à terre
À toute vitesse.

7
un **polisson**
Un enfant qui fait
des sottises.

8
ils se sont **évadés**
Ils se sont sauvés.

9
de justesse
De très peu.

10
il **ronchonne**
Il grogne parce qu'il
n'est pas content.

11
Eurêka !
Mot qui veut dire :
« J'ai trouvé ! »

12
une **monture**
Un animal sur
lequel on monte.

13
le **rodéo**
Jeu où l'on doit rester
le plus longtemps
possible sur
un cheval sauvage
ou un taureau.

14
comme deux gouttes d'eau
Ils se ressemblent
beaucoup.

15
ils **gloussent**
Ils rient
en poussant
de petits cris.

16
une **mission accomplie**
Il a réussi tout
ce qu'il devait faire.

17
le loup **avoue**
Le loup reconnaît
que c'est sa faute.

Les aventures du rat vert

- 1 Le robot de Ratus
- 3 Les champignons de Ratus
- 6 Ratus raconte ses vacances
- 7 Le cadeau de Mamie Ratus
- 8 Ratus et la télévision
- 15 Ratus se déguise
- 19 Les mensonges de Ratus
- 21 Ratus écrit un livre
- 23 L'anniversaire de Ratus
- 26 Ratus à l'école du cirque
- 29 Ratus et le sapin-cactus
- 36 Ratus et le poisson-fou
- 39 Noël chez Mamie Ratus
- 40 Ratus et les puces savantes
- 46 Ratus en ballon
- 47 Ratus père Noël
- 50 Ratus à l'école
- 54 Un nouvel ami pour Ratus
- 57 Ratus et le monstre du lac
- 61 Ratus et le trésor du pirate
- 67 Les belles vacances de Ratus
- 71 La cabane de Ratus
- 73 Ratus court le marathon
- 1 Ratus chez le coiffeur
- 2 Ratus et les lapins
- 3 Les parapluies de Mamie Ratus
- 8 La visite de Mamie Ratus
- 9 Ratus aux sports d'hiver
- 13 Ratus pique-nique
- 23 Ratus sur la route des vacances
- 27 La grosse bêtise de Ratus
- 31 Le secret de Mamie Ratus
- 38 Ratus chez les robots
- 41 Ratus à la ferme
- 46 Ratus champion de tennis
- 56 Ratus et l'œuf magique
- 60 Ratus et le barbu turlututu
- 64 Ratus chez les cow-boys
- 66 Le jeu vidéo de Ratus
- 5 Les fantômes de Mamie Ratus
- 8 La classe de Ratus en voyage
- 12 Ratus en Afrique
- 16 Ratus et l'étrange maîtresse
- 26 Ratus à l'hôpital
- 29 Ratus et la petite princesse
- 31 Ratus et le sorcier
- 33 Ratus gardien de zoo
- 47 En vacances chez Ratus
- 52 Ratus le chevalier vert

Super-Mamie et la forêt interdite

- 42 Super-Mamie et le dragon
- 44 Les farces magiques de Super-Mamie
- 48 Le drôle de cadeau de Super-Mamie
- 59 Super-Mamie et le coiffeur fou
- 42 Au secours, Super-Mamie !
- 45 Super-Mamie et la machine à rétrécir
- 57 Super-Mamie, dentiste royale
- 62 Le Grand Baboul fait la classe

Les histoires de toujours

Collection Ratus Poche

Ralette, drôle de chipie

L'école de Mme Bégonia

La classe de 6e

Collection Ratus Poche

Les imbattables

Baptiste et Clara

Francette top secrète

M. Loup et Compagnie

Conception graphique couverture : Pouty Design
Conception graphique intérieur : Jean Yves Grall • mise en page : Atelier JMH

Imprimé en France par Pollina, 84500 Luçon - n° L51261
Dépôt légal n°96029-1/01 - juillet 2012